SAINT-PAUL & G. ROSE FILS

La Dame aux Bluets

VAUDEVILLE EN UN ACTE

Représenté pour la première fois à Paris au Concert BRUNIN, le 21 octobre 1901.

2 H 2 F.

PARIS

C. JOUBERT, Editeur, 25, rue d'Hauteville

Répertoire de la Société Lyrique.

Anciennes Maisons BRANDUS & JOUBERT réunies

C. JOUBERT, Successeur

ÉDITEUR DE MUSIQUE

PARIS. — 25, Rue d'Hauteville, 25. — PARIS

RÉPERTOIRE

DES OUVRAGES DE CONCERT EN UN ACTE

ABRÉVIATIONS : D. Veut dire du répertoire de la Société Dramatique, 8, rue Hippolyte Lebas. — Le surplus appartient au répertoire de la Société Lyrique, 10, rue Chaptal.

LOC. Veut dire : La musique n'est qu'en location et ne se vend pas.

Opérettes et Vaudevilles de Concert

AUTEURS.	TITRES DES ŒUVRES	Hommes.	Femm	Prix nets
Saint-Maurice.	Abricot (L') d.	troupe	»	loc.
D. Campisiano.	Absalon.	2	1	6 »
Vallès-Garnier.	Affaire Cœurdeveau (L').	5	1	loc.
St-Paul-G. Rose fils.	Agence est au-dessus (L').	3	3	
F. Bernicat.	Agence Rabourdin (L').	1	1	5 »
Japy.	A huitaine.	troupe	»	5 »
G. Roland.	Aiguilleur (L') d	1	1	loc.
L. Bouvet.	Ami Chambardel (L')	3	1	loc.
Bessière-Ruffier.	Ami Vandière (L) d.	7	6	loc.
Lebreton.	Amour à coups de poings (L').	2	2	loc.
Lebreton-St-Paul.	Amour en dentelles (L').	2	2	loc.
G. Street.	Amour en livrée (L').	3	1	5 »
Desormes.	Amour et l'appétit (L').	1	1	4 »
Vallès-Garnier.	Amour et sauvetage.	3	2	loc.
A. Petit.	Amoureux d'Yvonne (Les) d.	5	3	loc.
V. Roger.	Amour Quinze-Vingt (L')	3	1	4 »
Bettin, Boulay-Layrice.	Amours d'un piston (Les)	3	2	loc.
Desormes.	Antoine et Cléopâtre d.	2	1	4 »
Bessier-Moreau.	Aphrodites (Les) d.	4	8	loc.
Dorfeuil-Moreau	Après la vie de Bohême d.	troupe	»	loc.
L. Bouvet	A propos de bottes	2	»	loc.
J. Emmecé.	A qui le gosse ?	troupe	»	loc.
Monnery-Marien.	Argot tel qu'on le parle (L)	5	3	loc.
M. Chautagne.	Arracheuse de dents (L').	2	1	4 »
Deurel, Roydel, Bonjardin	Artistes pour rire d	6	4	loc.
Géralay.	Ascension du Mont-Blanc (L').	1	1	4 »
L. Martin-Dubem	Auberge du Tambour battant (L')	2	2	loc.
Oudot-de Gorsse	Au Chat qui pelote d.	troupe	»	loc.
Banès.	Au Coq huppé.	3	2	5 »
Uzès	Au soleil d'or d.	3	2	6 »
Lebreton-Moreau	Au temps des cerises d.	5	3	loc.
Guérineau.	Auteur par amour.	1	2	5 »
Lebreton-Moreau	Autour d'une guérite d.	3	2	loc.
Henry Moreau.	Avant le bal.	1	1	3 »
Colonge, Garofalo, Combret	Baba Bouzouck d.	5	6	loc.
Deransart.	Baigneur et nageuse.	1	1	3 »
Antigeon, Dourel-Roydel.	Baigneuses de Cocotteville (Les)	5	9	loc.
Leserre.	Barbe-Bleue.	1	»	2 »
Ratoée-Tranchant.	Bataillon Desroches (Le) d.	10	10	loc.
Antigeon-Desplau.	Battage (Le).	2	1	loc.
A. Moyne.	Béguin d.	2	1	loc.
Mestre-Aubry.	Belle Dinde (La).	9	11	loc.
Lebreton-St-Paul.	Belle-mère est sans pitié (La).	2	2	loc.
Moreau-Touzé.	Belle-mère, nouveau jeu.	1	3	loc.
Wachs.	Bibi ou l'Enfant de l'Amour.	1	1	4 »
Cellier-Joullot	Boudoir discret.	2	1	loc.
Moreau-Gramet.	Bougnol et Bougnol.	4	2	loc.
Villebichot.	Boum ! Servez chaud.	3	2	4 »
Hubans.	Brelan de bègues.	2	1	5 »
F. Bernicat.	Cadets de Gascogne	troupe		7 »
Banès.	Cadiguette (La).	1	1	5 »
Lebreton	Caïn	3	2	loc.
Javelot.	Calino amoureux.	2	1	3 »
Lebreton et Soudant.	Camelots (Les).	6	5	loc.
Chevalet-Audray	Canne d'un grand homme (La) d	2	2	loc.
Lebreton-Moreau	Ça porte bonheur	5	3	loc
V. Herpin.	Capricorne (Le).	troupe	»	loc.
F. Barbier.	Carmagnole (La).	3	3	5 »
Lebreton-Moreau	Carnaval conjugal (Le) d.	9	9	loc.
A. Berthon	Carnaval des 4 z'arts	6	2	loc.
Antigeon-Desplau.	Cascadin et Cie.	6	5	loc.
Chabaud, Colonge Tranchant	Ce pauvre Bobinet.	2	1	loc.
E. Soudant.	Ces canailles de couturières ! d	6	6	loc.
Chelu.	Chambre à louer	1	1	
Cuvillier	Chambre à part d.	4	2	loc.
Henry Moreau.	Chambre de bonne d.	3	2	loc.
V. Roger.	Chanson des Ecus (La).	3	1	4 »
P. Henrion	Chanteuse par amour (La) d.	»	1	6 »
E. André.	Chaos (Le).	1	1	4 »
Moreau-Boucherat.	Chasse royale d.	troupe	»	loc.
Lebreton-Moreau	Chasseurs Alpins (Les) d	6	6	loc.
Cieutat	Chaste Suzanne (La) d.	troupe	»	4 »
H. Gilbert	Chaste Suzanne			
Yvel.	Chéri des Dames	troupe		loc.
Dourel, Roydel, E. René	Chevalier Tric-Trac (Le)	2	8	loc.
Dourel-Roydel	Chez la Costumière d.	troupe	»	loc.
Meynard	Chez le dentiste.	3	1	8 »
Lhuillier	Chez les Corniquet	1	»	1 »
C. Rosenquest.	Chicard et Bébé.	1	1	4 »
Bomier.	Chien et Chat d.	4	1	5 »
Boulay-Layrice.	Choc en retour d.	2	2	loc.
Moreau-Gramet.	Cinq contre un.	3	3	loc.
E. Brasseur-L.T.	Circulaire du Préfet (La).	6	2	loc.
Villebichot.	Cirque Ponger's (Le).	troupe	»	6 »
Bessière.	Clou (Le).	2	2	loc.
L. Collin.	Coco Bel-Œil	3	1	6 »
A. Petit	Cocotte et chiffonnier	1	1	5 »
Villemer Delormel Périeand	Colosse de Rhodes (Le)	3	»	4 »
A. Petit.	Confections pour dames.	2	4	5 »
L. Bouvet-Schmoll	Congrès des Cocottes (Le)	5	7	loc.
Lebreton-Moreau.	Conscrits bretons (Les) d.	7	5	3 »
L. Collin.	Conscrit tyrolien (Le)	1	1	3 »
E. Brasseur.	Constat d'adultère d.	6	3	loc.
Habrekorn et P. Marc	Contes de Piron (Les)	2	10	loc.
Lebreton-Moreau	Contrôleur des Wagons-Bars (Le)	5	3	loc.
Lebreton-Moreau.	Cote et Cocottes.	4	4	3 »
C. Roland	Courroie (La)	2	1	loc.
J. Marc et G. Habrekorn	Course aux pantalons (La) d	6	4	loc.
Guillemaud-de Marsan.	Culotte à l'envers (La) d.	15	10	loc.
De Roze et d'Arsay	Culotte du marié (scène) (La).	1	»	1 »
Saint-Paul.	Dame aux bluets (La).	2	2	loc.
Lebreton-Moreau.	Dans cent ans d.	troupe	»	loc.
Pierre Achard	Dans l'Escalier	2	1	loc.
Sourilas.	Dégrafée d.	3	3	5 »
Mestre-Aubry	Demoiselle des Martigues (La)	3	10	loc.
Cellier-Gramet.	Demoiselles Plumemboy (Les)	3	4	loc.
Marc Sonal-Pierre Laurey	Départ du régiment (Le) d.	5	10	loc.
St-Paul-G. Rose fils	Dernière carotte (La)	3	2	loc.
L. Lefèvre.	Dernier verre (Le).	2	1	4
F. Barbier	Deux amours de chandeliers.	1	1	5 »
F. Matz.	Deux avares (Les) d.	2	1	3 »
Ch. Hubans.	Deux coqs vivaient en paix.	2	1	6 »
F. Gracia.	Deux estafiers (Les).	2	»	2 »
Vallès-Garnier.	Deux femmes de M. Grochose (Les).	3	2	loc.
M. Chautagne.	Deux muses (Les).	2	»	4 »
F. Barbier.	Deux parfaits notaires (Les).	2	»	4 »
Hervé-Lecocq.	Deux portières pour un cordon d	3	»	4 »
Moreau-Boucherat.	Diable au Moulin (Le)	4	8	loc.

SAINT-PAUL & G. ROSE Fils

La Dame aux Bluets

VAUDEVILLE EN UN ACTE

Représenté pour la première fois à Paris au Concert BRUNIN, le 21 octobre 1901.

2 H 2 F.

PARIS

C. JOUBERT, Editeur, 25, rue d'Hauteville

Répertoire de la Société Lyrique.

RÉPERTOIRE SAINT-PAUL

Auteur

Pièces en un Acte

Chez M. JOUBERT, Éditeur, 25, rue d'Hauteville, 25, PARIS

Agence générale SOUCHON, 10, rue Chaptal

A LA SOCIÉTÉ LYRIQUE

		Hommes	Femmes
REVUE INTERDITE, *vaudeville-scandale*		4 —	4 —
UN JOUR D'AUDACE, *vaudeville*		4 —	2 —
LE VASE DE SOISSONS, *vaudeville*		3 —	2 —
J'EN AI PLEIN LE DOS, *vaudeville*		2 —	1 —
LEROY S'AMUSE, *comédie-bouffe*		3 —	3 —
ON PARLE ANGLAIS, *vaudeville avec chant*		5 —	6 —
FAIS-ÇA POUR MOI, *vaudeville*	(avec G. Rose fils).	3 —	2 —
POUR AVOIR LA FILLE, *vaudeville*	(—).	4 —	3 —
« ORDONNANCE » MALGRÉ LUI !... *vaudeville*	(—).	3 —	2 —
LA DERNIÈRE CAROTTE, *vaudeville*	(—).	3 —	2 —
L'AGENCE EST AU-DESSUS, *vaudeville*	(—).	3 —	3 —
LA DAME AUX BLUETS, *vaudeville*	(—).	2 —	2 —
LA MAISON HANTÉE, *vaudeville-bouffe*	(—).	3 —	1 —
LA PETITE FIFI, *vaudeville*	(avec L. Bouvet).	3 —	3 —
GONTRAN SE MARIE, *vaudeville-bouffe*	(avec B. Lebreton).	3 —	2 —
LA BELLE-MÈRE EST SANS PITIÉ, *vaudeville*	(—).	2 —	2 —
VINGT-CINQ MINUTES D'ARRET, *vaudeville*	(—).	2 —	2 —
L'AMOUR EN DENTELLES, *vaudeville*	(—).	2 —	2 —
UNE ROSSERIE, *vaudeville*,	(—).	2 —	2 —
MADEMOISELLE LE DOCTEUR, *vaudeville*	(—).	3 —	2 —
LE PÉRIL JAUNE, *vaudeville*	(—).	3 —	2 —
POUR QUI VOTAIT-ON? *vaudeville*	(—).	4 —	2 —
LES SINGERIES DE L'AMOUR, *vaudeville avec chant*	(—).	5 —	5 —

LA DAME AUX BLUETS

VAUDEVILLE EN UN ACTE

SAINT-PAUL et G. ROSE Fils

PERSONNAGES

	Brunin.
PÉDALOUETTE, rentier, 50 ans	MM. Brissac.
GAËTAN DE PRÉSALÉ, 30 ans	Willis.
ARTHEMISE, femme de Pédalouette, 45 ans	Mmes Mariette Chevallier.
FLORA, jeune ouvrière	Sutter.

De nos jours, à la campagne.

Un paysage des environs de Paris. — Une chaise à gauche, un banc à droite.

On peut jouer dans un décor fermé, à défaut de décor de jardin.

SCÈNE PREMIÈRE

Arthémise, Pédalouette.

(*Pédalouette est porteur de lignes et accessoires de pêche. Il entre du 2e plan gauche, suivi d'Arthémise.*)

Pédalouette, *appelant au dehors.*

Viens, viens, Arthémise ! Viens par ici, je te dis que je connais l'endroit... j'y suis déjà venu dans le temps ! (*Il descend jusqu'au banc à droite où il dépose ses accessoires de pêche.*)

Arthémise, *entrant toute essouflée, chapeau de travers, et très grotesque.*

Est-il possible de me faire marcher comme ça en plein été ! Et on appelle ça une bonne partie de campagne !.. (*S'asseyant sur la chaise de gauche.*) Ah ! elle est jolie la partie de campagne !..

Pédalouette, *pendant ce qui suit prépare ses lignes.*

Tu ne diras pas ça ce soir, quand tu mangeras une bonne friture que j'aurai pêchée moi-même !

Arthémise, *avec pitié.*

Une bonne friture péchée par toi ? Si jamais je n'attends que ça pour manger ! je peux me préparer à mourir de faim !

Pédalouette

Cependant, bonne amie...

Arthémise, *l'interrompant, se levant.*

Enfin.. peux-tu me dire un jour où tu aies attrapé quelque chose à la pêche ?

Pédalouette

Il me semble...

Arthémise

Tu n'as jamais attrapé que des rhumes !.. que je suis obligée de soigner après !

Pédalouette

Il serait difficile de les soigner... avant !

Arthémise

En disant que tu n'as jamais attrapé que des rhumes... je me trompe !..

Pédalouette

Ah ! tu vois bien !

Arthémise

Oui, je me trompe... un jour, tu as attrapé un procès-verbal !

Pédalouette

Oh ! j'ai bénéficié de la loi Bérenger !

Arthémise

Et une autre fois, tu as attrapé un vieux chapeau !

Pédalouette, *se redressant fièrement.*

C'était un chapeau historique... Il avait appartenu à un actionnaire du Panama !.. Oui, madame... c'était un Panama ! il avait de la valeur !

ARTHÉMISE

C'est pour cela que c'était une valeur... à l'eau!

PÉDALOUETTE

Mais, tu oublies le Dimanche où nous sommes allés à Nogent ?

ARTHÉMISE

Ah! c'est vrai! ce jour-là! tu as attrapé un hareng-saur!

PÉDALOUETTE

Toujours de l'exagération ! (*Haussant les épaules*). J'ai pêché un hareng saur!

ARTHÉMISE

Tu ne vas pas dire que c'était aussi un hareng historique.

PÉDALOUETTE

Peut-être! Est-ce qu'on peut savoir!

ARTHÉMISE

Un hareng saur!

PÉDALOUETTE

D'abord, je te répète que ce n'était pas un hareng saur! j'avoue qu'il n'était pas de la première fraîcheur... mais enfin, j'ai pêché un hareng, voilà le fait!

ARTHÉMISE

Il a péché un hareng dans la Marne!

PÉDALOUETTE

En tous cas, tu oublies le jour de ta fête! je crois que ce jour là! je t'ai rapporté une jolie friture, hein ?

ARTHÉMISE

Ça c'est vrai.. Elle a dû te coûter cher!

PÉDALOUETTE

Me coûter cher ?..

ARTHÉMISE

Dam! je ne suppose pas que tu l'aies pêchée dans la Marne, aussi! C'était une friture d'éperlans.

PÉDALOUETTE, *interloqué*.

Tu crois ?

ARTHÉMISE

J'en suis sûre!

PÉDALOUETTE, *à part*.

Des poissons de mer! Cet imbécile de marchand!.. Une autre fois, je ferai attention!

ARTHÉMISE

Et dire que tous les dimanches... voilà notre plaisir!.. venir à la pêche!.. comme c'est gai!.. moi qui aurais tant besoin de distractions!

ÉDALOUETTE

Des distractions ?.. mais tu en as à chaque instant.

ARTHÉMISE

Tu trouves ça, toi ?

PÉDALOUETTE

Dam! c'est toi-même qui me l'as dit... hier encore, devant nos fenêtres, un tramway à vapeur a écrabouillé un fiacre et renversé un omnibus...

ARTHÉMISE

Oui, mais...

PÉDALOUETTE, *l'interrompant vivement*.

Avant hier encore, tu as été à un enterrement... Tu deviens trop exigeante!

ARTHEMISE

C'est qu'en fait de distraction... il me faudrait... autre chose ?

PÉDALOUETTE

Autre chose ?.. quelle autre chose ?

ARTHÉMISE, *s'emballant*.

Il demande quelle autre chose! Ah! monsieur Pédalouette... vous pouvez être heureux de posséder une femme vertueuse.. honnête comme moi!.. sans cela!

PÉDALOUETTE

Sans cela, quoi ?

ARTHÉMISE

Sans cela, monsieur! vous seriez cocu! Voilà! C'est bien simple.

PÉDALOUETTE

Comme tu y vas!

ARTHÉMISE

Et si vous ne l'êtes pas, c'est uniquement à la qualité de ma vertu que vous le devez! (*A part*) Et parce que je n'ai jamais trouvé l'occasion, sans ça!

PÉDALOUETTE

Vraiment, tu es d'une nature incompréhensible! Arthémise!

ARTHÉMISE

Arthémise! Arthémise!... ça rime avec... chemise! Vous n'avez pas l'air de le savoir!

PÉDALOUETTE, *répétant songeur.*

Arthémise... ça rime avec chemise... qu'est-ce que ça veut dire ?

ARTHÉMISE

Si vous saviez faire des vers... vous comprendriez ! Mais vous ne savez pas ce que c'est que les vers !

PÉDALOUETTE

Oh ! moi, je préfère les asticots.

ARTHÉMISE

Je veux parler des vers... de poète.

PÉDALOUETTE

Je croyais que c'était des vers de terre... pour la pêche c'est très mauvais... il faut au moins des vers de vase, mais je préfère les asticots. *(Entêté)* Je préfère les asticots !

ARTHÉMISE

Voilà tout ce qu'on peut en tirer ! *(L'imitant)* « Je préfère les asticots » *(Les yeux au ciel)* Oh ! mes rêves de jeunesse !... Le beau cavalier passant sous mes fenêtres en automobile !... et montant à mon balcon...

PÉDALOUETTE

En automobile ?

ARTHÉMISE

Non !.. avec une échelle de cordes en soie !

PÉDALOUETTE

Diable, je ne savais pas que tu avais été une jeune fille aussi romanesque !

ARTHÉMISE

Je n'étais pas romanesque... j'étais sentimentale ! Tout simplement !

PÉDALOUETTE

C'est la même chose... le sentiment... ça n'existe que dans les romans... en tous cas, je te préviens que si jamais j'avais vu un cavalier montant à ton balcon en automobile... je l'aurais fait dégringoler... et sans ascenseur !

ARTHÉMISE

Tu es donc jaloux ?

PÉDALOUETTE

Moi ? Pas du tout ! Mais je ne tiens pas à être la risée de mes voisins !

ARTHÉMISE, *dépitée.*

C'est le seul motif ?

PÉDALOUETTE

Il est assez sérieux ! *(Changeant de ton)* Là, me voilà prêt pour taquiner le goujon.

ARTHÉMISE

Le taquiner ! c'est tout ce que tu arriveras à faire... et encore je ne suis pas sûre que les goujons ne se moquent de toi ?

PÉDALOUETTE

Oui, oui, cause toujours, rira bien qui rira le dernier ! Il me semble que je vais faire une pêche miraculeuse, aujourd'hui !... tu vas voir ça !

ARTHÉMISE

Si tu te figures que je vais rester près de toi comme dimanche dernier ! Ah ! non, par exemple.

PÉDALOUETTE

Que vas-tu faire ?

ARTHÉMISE

Je vais faire un tour dans les champs... je préfère cueillir des fleurs que vous contempler, suivant des yeux votre bouchon... d'abord, moi, ça me fait loucher.

PÉDALOUETTE

Comme tu voudras... après tout ! comme tu voudras...

ARTHÉMISE

Je ne m'éloigne pas, d'ailleurs, je vais dans ce champ de blé qui est là. *(Elle indique la gauche.)*

PÉDALOUETTE

C'est entendu... va... va...

ARTHÉMISE, *sortant à gauche, à part.*

Oh ! mes rêves de jeune fille ! mon idéal, où es-tu ?!

SCÈNE II

Pédalouette, *seul.*

Cette pauvre Arthémise, si elle savait pourtant !.. elle qui me reproche ma froideur à son égard *(S'exaltant)* ma froideur !.. ma froideur ? mais, je suis comme un volcan moi !! *(Changeant de ton)* près d'Arthémise, je suis comme un volcan éteint... c'est vrai ! *(S'emballant)* Mais, que j'aperçoive un frais minois ! une petite taille fine... un nez fripon... des yeux en coulisses... un mollet ferme !! Ça y est, le volcan s'allume... gare à l'éruption !.. Ah... quand je passe sur le boulevard et que j'aperçois ces délicieux petits trottins . mon cœur ne fait qu'un bond ? Aussi, en ai je fait, de ces fredaines ! Avec mon jeune ami du cercle, Gaëtan de Présalé ! Ah ! si Arthémise savait ça ! . seulement, j'ai la précaution de me dire célibataire... (*Changeant de ton*) Ma froideur non, mais franchement, comment voulez-vous qu'il en soit autrement auprès d'Arthémise ! (*Il prend son filet et sa ligne, avec un soupir*) Allons.. allons pêcher !. c'est ma seule distraction quand j'ai la gaule à la main, je ne pense plus à rien !

SCÈNE III

Pédalouette, Gaëtan.

GAËTAN, *entrant de gauche sans voir Pédalouette.*

Voyons... c'est bien ici ! en face le restaurant du « Lapin qui renifle ».. c'est donc là... (*Apercevant Pédalouette de dos*) Tiens... un pêcheur ?... Que le diable emporte ce gêneur, pour mon rendez-vous !..

PÉDALOUETTE, *sans se retourner.*

J'entends du monde... est-ce qu'un autre pêcheur viendrait prendre la place ? (*Se retournant*) Ah !... (*A part*) Gaëtan de Présalé, que vient-il faire ici !?

GAËTAN

Mais... je ne me trompe pas ?... c'est ce vieux Pédalouette ?

PÉDALOUETTE, *vexé.*

Vieux... vieux..

GAËTAN, *ironique.*

Je dis « vieux » pour marquer combien nous sommes amis depuis longtemps...

PÉDALOUETTE

Ah ! à la bonne heure ! (*A part*) Lui qui me croit célibataire pourvu que ma femme n'arrive pas. Ça ferait du tort à ma réputation de joyeux viveur !

GAËTAN

Et qu'est-ce que vous faites-là ?... Vous pêchez à la ligne ?...

PÉDALOUETTE

Oui... oui... pour me reposer un peu... vous comprenez ?... Et puis, c'est ma passion.

GAËTAN, *lui poussant des bottes.*

Vieux passionné, va !

PÉDALOUETTE

Et vous ? Qu'est-ce que vous venez faire par ici ? une femme hein ?... Je parie que c'est un rendez-vous ?... Elle doit être gentille !

GAËTAN

Vous vous fichez le doigt dans l'œil, mon vieux Pédalouette... il ne s'agit pas d'une femme du tout. (*A part*) N'avouons pas... il me la soufflerait !

PÉDALOUETTE

S'il ne s'agit pas d'une femme. que diable, alors, venez-vous faire ici ?... C'est bien loin du boulevard et pour un boulevardier comme vous !

GAËTAN

C'est pour une affaire, que je viens ici.

PÉDALOUETTE

Une affaire ? ici ?

GAËTAN

Oui, j'ai donné rendez-vous ici, pour éviter les indiscrétions.

PÉDALOUETTE

Je comprends... alors c'est une affaire d'argent?... encore un emprunt ? Satané Gaëtan , va , en mangez-vous de ces billets de banque !

GAËTAN

Je ne vous demande rien !

PÉDALOUETTE

Je le sais bien, cher ami .. (*A part*) Manquerait plus que ça ! (*Haut*) D'ailleurs, cela me serait impossible ! je suis un peu gêné en ce moment. . je ne suis pas riche comme vous, moi ! je ne peux me payer des fredaines que de temps en temps... et quant à ce qui serait de prêter de l'argent... ma foi, le mois prochain c'est le terme.

GAËTAN, *riant.*

Ah ! c'est le terme qui vous empêcherait.

PÉDALOUETTE

Oui, c'est le mois prochain...

GAËTAN

Mais le mois dernier vous m'avez déjà refusé en me parlant du terme !

PÉDALOUETTE

Ah ! oui, le mois dernier.. c'est celui que je venais de payer.

GAËTAN, *riant.*

C'est vrai ! On est toujours entre deux termes... enfin tranquillisez-vous, je ne vous taperai pas !

PÉDALOUETTE

Croyez bien que si je le pouvais...

GAËTAN

Certainement... mais ça vous empêcherait d'arriver à terme ! !

PÉDALOUETTE, *riant.*

Toujours farceur ! mais, je croyais que vous aviez fait un héritage ?

GAËTAN

Un héritage ?... J'ai fait trois héritages, mon cher !

PÉDALOUETTE

Trois héritages ! !

GAËTAN

Parfaitement... l'héritage de mon grand père, c'est Chichinette qui l'a mangé...

PÉDALOUETTE

Ah ! Je me souviens de votre Chichinette... superbe créature... j'ai souvent admiré comme elle avait de jolies dents !

GAËTAN, *riant.*

Un peu longues ! !

PÉDALOUETTE

Non pas ! non pas ! !

GAËTAN

Si, si... elle a dévoré les trois cent mille francs de mon grand-père !

PÉDALOUETTE, *riant.*

A ce point de vue, en effet, elle avait les dents longues.

GAËTAN

Ensuite, j'ai eu l'héritage de mon oncle.

PÉDALOUETTE

Beaucoup plus important celui-là !

GAËTAN

Important ! Ce n'était pas l'avis de Moumoutte.

PÉDALOUETTE, *emballé.*

Ah ! Moumoutte...Moumoutte... quels yeux !.. quels éclairs !... on aurait allumé sa cigarette après ! Quels yeux brûlants

GAËTAN

Trop brûlants !

PÉDALOUETTE

Mais non ! mais non !

GAËTAN

Mais si ! mais si ! elle a fait partir l'héritage de mon oncle en fumée !

PÉDALOUETTE

Ah ! alors vous avez raison !

GAËTAN

Quant au troisième héritage... celui de ma cousine .. c'est Fifi...

PÉDALOUETTE, *emballé.*

Ah ! Fifi ! Fifi... un ange ! absolument, un ange il ne lui manquait que des ailes !

GAËTAN, *riant.*

Elle en a mis à mes billets de banque ! Car tout l'héritage de ma cousine s'est envolé avec elle !

PÉDALOUETTE

Diable !.. Et... le quatrième héritage ?

GAËTAN

Le quatrième ? il n'y a pas de quatrième !

PÉDALOUETTE

Mais depuis six mois... vous avez la petite Lucie.

GAËTAN

Ah ! la petite Lucie.. (*Riant*) Elle ! c'est mon crédit qu'elle dévore !.. cent cinquante mille francs de dettes depuis six mois.

PÉDALOUETTE

Comment allez-vous sortir de là ?

GAËTAN

Par une affaire superbe... qui me rapportera un million.

PÉDALOUETTE

Un million ! !

GAËTAN

Oui, et en risquant fort peu de chose... cent mille francs !

PÉDALOUETTE

Encore faut-il avoir ces cent mille francs.

GAËTAN

Je les aurai... c'est pour cela que je suis venu ici aujourd'hui.

PÉDALOUETTE

Expliquez-moi ça...

GAËTAN

Jamais de la vie !.. je suis superstitieux... ça me ficherait la guigne !

PÉDALOUETTE

Mais non, je suis un porte-veine...

GAËTAN

Comme les petits cochons ?

PÉDALOUETTE

Oui, oui (*Riant*) comme les petits cochons !... (*Lui prenant le bras.*) Voyons... contez-moi votre affaire.

GAËTAN

Non... (*Se dégageant*) je vous dis non !.. je vous tiendrai au courant... si je réussis !..

PÉDALOUETTE

J'y compte absolument... et puis vous savez bien que tout ce qui vous arrive m'intéresse... vous êtes si original... si excentrique.

GAËTAN

Vous trouvez ?

PÉDALOUETTE

Mais certainement .. (*Se rapprochant*) Dites donc, voulez-vous que je vous prête une gaule, vous pêcherez à côté de moi. . nous pourrons bavarder.

GAËTAN, *riant.*

Bavarder en pêchant... ça ferait sauver le poisson ; vous n'attraperiez rien du tout !

PÉDALOUETTE

Oh ! moi, que je cause ou non en pêchant ! c'est la même chose !..

GAËTAN

En tous cas j'ai mon rendez-vous !

PÉDALOUETTE

Alors, vous ne voulez pas me tenir un peu compagnie.

GAËTAN

Pas un instant !

PÉDALOUETTE

Vous m'aiderez bien à descendre tous mes accessoires sur la berge ?

GAËTAN

Ah ! ça, volontiers.

PÉDALOUETTE, *lui donnant tout à porter.*

Tenez .. là... voilà... ceci... c'est tout. Ah ! vous êtes bien aimable !

GAËTAN

Mais, dites donc, il ne vous reste plus rien à porter, vous !

PÉDALOUETTE

Ça ne fait rien ! ça ne fait rien !...

GAËTAN

Mais, permettez... partageons au moins !...

PÉDALOUETTE

Mais non... mais non... la pente est très dangereuse pour descendre jusqu'au bord de l'eau... je pourrais glisser... je préfère n'avoir rien à porter... (*Disparaissant à droite*). Allons, venez-vous.

GAËTAN

Il est charmant ! .. me voilà, je vous suis... sapristi.. je ne suis pas venu ici pour être commissionnaire... en asticots. (*Il disparaît à droite*).

SCÈNE IV

Flora, *entrant de gauche un bouquet de bleuets au corsage.*

C'est pourtant bien ici que j'ai rendez-vous... suis-je donc la première ?. . La lettre que j'ai reçue me donne rendez-vous en face le restaurant « au Lapin qui Renifle » c'est donc bien là !... (*S'asseyant sur le banc*) Un peu de patience et je vais voir quel est ce gentilhomme qui éprouve la nécessité de redorer son blason... avec mes écus!... mais, qu'est-ce que ça peut me fiche ? après le gros héritage que je viens de faire et auquel j'étais loin de m'attendre... je ne suis pas fâchée de faire mon entrée dans le monde riche avec un titre de comtesse... ou même de baronne... (*Se levant*) C'est ça qui serait chouette, avoir été « petit trottin » et devenir riche et noble, comme ça, tout d'un coup !

SCÈNE V

Flora, Arthémise.

ARTHÉMISE, *entrant de gauche effeuillant une marguerite*

Il m'aime... un peu... beaucoup... (*Répétant*) Passionnément !... Il m'aime passionnément !!

FLORA, *à part.*

Qu'est-ce que c'est que cette vieille folle ?

ARTHÉMISE, *apercevant Flora, à part.*

Une cocotte !... Que vient-elle faire ici ?

FLORA, *à part.*

Mais, je ne me trompe pas... c'est mon ancienne patronne... (*Haut*) Madame ne me reconnaît pas ?

ARTHÉMISE

Si je vous reconnais, mademoiselle ?... Pas du tout.

FLORA

Je ne fais pourtant pas erreur, je crois ? Vous êtes bien madame veuve Aubin ?

ARTHÉMISE

Je fus Aubin, en effet...

FLORA

Ah ! je savais bien !

ARTHÉMISE

Mais, je suis remariée... et me nomme maintenant madame Pédalouette...

FLORA

Tiens, tiens !.. j'ignorais... et vous ne me reconnaissez toujours pas ?

ARTHÉMISE

Attendez donc... il me semble... j'ai eu une petite apprentie qui vous ressemblait.. est-ce que...?

FLORA

C'est moi, votre petite apprentie Flora, Flora Cadépus...

ARTHÉMISE

Ah ! vraiment !.. c'est vous Cadépus ! Vous avez tellement changé ; vous avez donc fait fortune ?

FLORA

Oui, un gros héritage, d'un oncle qui s'était expatrié et que l'on croyait mort...

ARTHÉMISE

Vraiment... comme il y a des oncles qui sont gentils tout de même... et maintenant... que faites-vous ?

FLORA

J'ai changé mon existence, vous pensez... et je vis comme dans un roman...

ARTHÉMISE, *soupirant.*

Un roman !

FLORA

J'adore les aventures... et je les recherche.

ARTHÉMISE, *soupirant.*

Les aventures ! !

FLORA

Mais, pourquoi soupirez-vous comme ça ?

ARTHÉMISE

Ah ! ma petite mignonne, vous parlez de romans... d'aventures !..

FLORA

Eh bien... je ne vois pas ce qui peut vous faire soupirer !.. j'aime les aventures... chacun son goût !..

ARTHÉMISE

Mais, moi aussi, j'aime les aventures !..

FLORA, *riant sous cape.*

Ah ! bah !.. vous aimez les aventures ! !

ARTHÉMISE

Ah ! oui, je les aime !

FLORA, *même jeu.*

Vous en avez eu beaucoup ?

ARTHÉMISE

Jamais, hélas !

FLORA

Ah ! c'est dommage !

ARTHÉMISE

Si vous saviez les rêves que je fais !.. je rêve toujours de choses étonnantes... incroyables !..

FLORA

Pas possible !

ARTHÉMISE

Oui, je rêve que je voyage en des pays étranges... lointains... des pays bizarres... (*Changeant de ton brusquement*). Croyez-vous à la métempsycose ?

FLORA

« V'la mes tant's qui causent » ? Qu'est-ce que c'est que ça ?

ARTHÉMISE

Ah ! vous ne savez pas... c'est comme qui dirait une espèce de... religion qui admet qu'avant d'être ce que nous sommes, nous avons déjà eu notre âme dans un autre corps...

FLORA

Ah !...

ARTHÉMISE

Oui, eh bien, moi, il me semble, dans mes rêves, revoir des pays que j'ai dû connaître avant d'être ce que je suis... mais des pays bizarres, vous savez... des pays des « mille et une nuit »... où il y a des fées... des châteaux en or... des chameaux...

FLORA

Des chameaux !.. *(A part en riant)* Oui, oui... c'est ça !... ça ne m'étonne pas !

ARTHÉMISE

Et il me semble que j'ai étéprincessse dans ces pays-là.

FLORA, *à part.*

La princesse des chameaux...

ARTHÉMISE

Ah ! si l'on pouvait refaire son existence !

FLORA, *ironique.*

On peut toujours rattraper le temps perdu.

ARTHÉMISE

Vous croyez ?

FLORA

Mais bien sûr... Dans vos rêves, quand vous êtes princesse... qu'est-ce que vous faites ?

ARTHÉMISE

Ce que je fais ?

FLORA

Oui...

ARTHÉMISE

Je suis toujours en haut d'une tour... et je guette l'arrivée d'un prince charmant.

FLORA, *se contenant de rire.*

Est-ce qu'il vient ?

ARTHÉMISE, *soupirant.*

Jamais !...

FLORA, *à part.*

Ça ne m'étonne pas !

ARTHÉMISE

Pourtant... une fois !...

FLORA

Ah ! une fois ?...

ARTHÉMISE

J'ai vu venir un page !

FLORA, *riant.*

Ah ! oui, comme dans la chanson ?.. *(Chantant)* Ell' voit venir son page... mironton...

ARTHÉMISE

Ah ! ne riez pas !.. Si vous saviez ce que j'ai souffert !

FLORA

Avec le page ?

ARTHÉMISE

Non... de cette existence bourgeoise et ridicule que je mène sur terre et pour laquelle je n'étais certainement pas née !

FLORA

Ne vous faites donc pas de mauvais sang... allez !.. Qui sait ? vous le verrez peut-être votre prince charmant !..

ARTHÉMISE

Si vous pouviez dire vrai !

FLORA, *à part.*

Avec tout ça... je suis toujours seule au rendez-vous ! Me voilà comme la sœur... je ne vois rien venir ! En tous cas, il faut que je me débarrasse de la vieille. *(Haut)* Voulez-vous que nous fassions un tour dans les champs ?

ARTHÉMISE

Volontiers...

FLORA

Alors... allons-y... *(A part)* Au bout du champ je la plaque et je reviens pour mon rendez-vous.

ARTHÉMISE, *en sortant avec Flora.*

La première marguerite que je trouve je l'interrogerai pour savoir si je suis aimée.

FLORA, *à part.*

Oh ! la la ! quel phénomène ! *(Elles sortent à gauche).*

SCÈNE VI

Gaëtan, *entrant de droite.*

Quelle colle-forte que ce vieux Pédalouette. *(Regardant autour de lui)* Personne ?... Décidément, me serais-je trompé pour l'endroit du rendez-vous ? (*Regardant sa montre*) L'heure est passée de vingt minutes. (*Se fouillant*) Voyons, où ai-je mis la lettre de mon ami... la voici .. je vais bien voir... (*Lisant*) « Cher ami, tes vœux seront exaucés, j'ai trouvé une héritière disposée à épouser un jeune noble ruiné ; tu trouveras la personne en face le restaurant du « lapin qui renifle ». — (*A part*) C'est donc ici ! (*Lisant*) « Tu la distingueras au bouquet de bluets qu'elle aura à son corsage. Toi-même devras mettre des fleurs semblables à ta boutonnière (*Fermant la lettre*) C'est donc bien exact.. j'ai les fleurs convenues à la boutonnière, il ne reste donc plus qu'à trouver la dame aux bluets. (*Il s'assied à gauche*) C'est égal... elle est en retard tout-de-même !

SCÈNE VII

Gaëtan, Arthémise.

ARTHÉMISE, *entrant de gauche et descendant à droite sans voir Gaëtan. Elle a un bouquet de bluets à son corsage.*

Mais, où donc est passée cette jeune fille qui était avec moi ?... Elle a disparu comme par enchantement !

GAËTAN

Oh ! oh ! du monde.

ARTHÉMISE, *se tournant vers Gaëtan, à part.*

Oh !.. le joli garçon !

GAËTAN, *à part.*

Mais, le diable m'emporte... voilà une femme qui possède le bouquet convenu à son corsage !.. Serait-ce « la dame aux bluets » ?

ARTHÉMISE, *à part minaudant.*

Comme il me regarde !.. (*S'asseyant sur le banc*) Je suis toute émue !

GAËTAN, *à part.*

Saperlipopette !.. Ce n'est pas une jeune héritière en tous cas !.. (*Avec un soupir*) Il faut du courage !..

ARTHÉMISE, *à part, faisant la coquette.*

C'est curieux, tout de même comme il me regarde avec insistance !.. mais il ne dit rien !.. je crois que ma beauté l'intimide ! . (*Elle le regarde avec force sourire.*)

GAËTAN, *à part.*

Ça y est !.. c'est la femme que j'attends ! c'est héritière !.. c'est la « dame aux bluets » !.. je ne l'avais pas rêvée comme ça !.. (*Avec un soupir*) Enfin. Allons-y de mon plus aimable sourire ! (*Il sourit d'une façon grotesque.*)

ARTHÉMISE, *à part, la main sur son cœur.*

C'est lui, c'est mon prince Charmant ! c'est mon idéal !. (*Elle se trémousse sur son banc*).

GAËTAN, *à part.*

Qu'est-ce qu'elle a ?.. Elle va se trouver mal ? (*Il agite son bouquet de bluets*).

ARTHÉMISE, *à part.*

C'est un signal mystérieux.. comme dans les romans... (*Elle agite son bouquet de bluets.*)

GAËTAN, *à part.*

C'est bien elle... (*Se levant. Haut*) Madame !.. (*Il salue.*)

ARTHÉMISE, *se levant vivement.*

Chut !

GAËTAN, *interloqué, bas.*

Qu'est-ce qu'il y a ?

ARTHÉMISE, *mystérieusement.*

Personne de votre suite ne peut vous surprendre ?

GAËTAN, *étonné.*

De ma suite ?

ARTHÉMISE

Vous les avez laissés dans votre chaise de poste ?

GAËTAN, *à part.*

Qu'est ce qu'elle dit ? que j'ai mis une chaise à la poste ?.. (*Haut*) Madame... comme vous le voyez... j'ai les bluets ?..

ARTHÉMISE, *avec un soupir.*

Oui... oiseau bleu. . couleur du temps, vole à moi promptement !

GAËTAN, *à part.*

Ce n'est pas possible... c'est une louftoc !

ARTHÉMISE

Comme il y a longtemps que je vous attendais.

GAËTAN, *à part.*

Il me semble pourtant que c'est moi qui ai attendu... et plus d'une heure encore.

ARTHÉMISE, *avec un soupir.*

Voilà vingt ans que je vous vois en rêve !

GAËTAN

Vingt ans ?.. c'est excessif !

ARTHÉMISE

Oh ! oui certainement... vingt ans !

GAËTAN, *à part.*

Bigre... il y a vingt ans... j'avais six ans alors !. je ne savais pas avoir fait des béguins si jeune.

ARTHÉMISE

Pourquoi n'êtes-vous pas venu dans ce temps là !

GAËTAN

C'est... qu'il y a vingt ans... je ne marchais pas tout seul !

ARTHÉMISE

Je comprends... vous étiez à la Cour !

GAËTAN

A la Cour ?... non... j'étais plus souvent au jardin...

ARTHÉMISE

Enfin... vous voici... je suis heureuse ..

GAËTAN, *à part.*

C'est égal.. je ne me serais jamais douté être si gobé que ça... ça compense un peu... mais tout de même... ce qu'elle est toquarde, mon héritière !

ARTHÉMISE

Vous avez une échelle ?

GAËTAN

Une échelle ?

ARTHÉMISE

Naturellement...

GAËTAN

Mais... pourquoi faire ?

ARTHÉMISE, *se levant.*

Comment, pourquoi faire !. . mais pour monter à mon balcon.

GAËTAN, *abasourdi.*

Pour monter à votre balcon ?... Quel balcon !

ARTHÉMISE

Vraiment, monsieur, pensez-vous donc agir autrement ?... Ne connaissez-vous pas les traditions ?

GAËTAN, *à part.*

Décidément, c'est une timbrée ! (*Haut*) Mais quelles traditions ?

ARTHÉMISE

Quelles traditions ?... Croyez-vous donc que je consentirai à avoir avec vous un entretien secret... ailleurs que sur une échelle de corde attachée à mon balcon ?

GAËTAN

C'est une drôle de position pour un entretien secret !

ARTHÉMISE

Je n'accepte pas un rendez-vous sans cette condition !

GAËTAN, *à part.*

C'est une manie qu'elle a...

ARTHÉMISE

Et si vous ne l'acceptez pas... je ne vous reverrai jamais !...

GAËTAN, *à part.*

Diable ! Diable !... si elle n'est pas complètement folle .. c'est pour m'éprouver... dans ce cas... il faut que je fasse attention...

ARTHÉMISE

Eh bien, que décidez-vous ?

GAËTAN, *à part.*

Attends un peu... si c'est une comédie que tu joues... je vais te donner la réplique !

ARTHÉMISE

Vous ne répondez rien !

GAËTAN *avec force comique.*

Oh ! pouvez-vous douter de moi !... vous voulez que je monte à votre balcon ?... mais, je monterai à la tour Eiffel .. s'il le faut !... plus haut même encore... Commandez ! j'obéis, je suis votre cavalier servant... je monte au balcon, je descends à la cave... je fais tout ce que vous voulez...

ARTHÉMISE

Oh ! mon Roméo !

GAËTAN, *étonné.*

Roméo ?... non... Gaëtan... le vicomte.. Gaëtan de Présalé..

ARTHÉMISE

Non ! non... tu n'es pas un Présalé... tu es Roméo ! je suis Juliette !...

GAËTAN, *à part.*

Elle me tutoie ! Si ça continue, dans cinq minutes, elle me passera la main dans les cheveux !

ARTHÉMISE

Enfin ! voilà donc mon rêve réalisé !

GAËTAN

Quel rêve ?

ARTHÉMISE

Figurez-vous que je me voyais toujours entourée de princes !... je voyais un trône !

GAËTAN, *à part.*

Un trône percé, probablement !

ARTHÉMISE

J'étais à la Cour.

GAËTAN, *à part.*

La cour des Miracles ! sans doute.

ARTHÉMISE, *avec force.*

Oh ! mon prince... mon Duc... mon roi, mon marquis... mon cochon d'Inde... ma tarte à la crème !...

GAËTAN, *à part.*

Elle n'est pas bien fixée !

ARTHÉMISE, *le prenant par le bras.*

Viens nous promener dans les bois.

GAËTAN, *en sortant avec elle, à part.*

C'est dommage qu'elle n'ait pas cinquante ans de moins (*Ils sortent. Gaëtan laisse tomber son bouquet de bluets, à gauche).*

SCÈNE VIII

Pédalouette, *seul, entrant de droite.*

La pêche... la pêche... c'est au vin... (*Se reprenant*) Non !... c'est en vain... que ma ligne de chemin de fer... (*Se reprenant*) Non !... que je fais faire du chemin à ma ligne... je n'attrape rien du tout !... C'est curieux... je ne me sens pas d'aplomb ! Ce petit Gaëtan a éveillé en moi des appétits .. (*s'asseyant sur le banc*) Et ma femme ?... où est-elle passée ?... Ah ! si elle pouvait être partie pour ne plus revenir !... voilà un bon débarras !... Si ce bonheur m'arrivait, j'irais habiter la Turquie... il paraît qu'il y a des Turcs... et je les aime beaucoup ! . En voilà des gaillards qui comprennent l'existence !... je me suis laissé raconter que, dans ce pays-là, les hommes avaient le droit d'avoir plusieurs femmes ! Sacrés Turcs ! va, ils ne doivent pas s'embêter !!.. Moi, ça m'irait assez... il paraît que leurs ménages, ça s'appelle... ça s'appelle... comment donc ?... Ah, oui ! j'y suis, « un hareng » .. non ! pas un hareng... un harem ! c'est ça !.. Ah ! c'est un pays très chic que la Turquie... Et puis, on est sûr de ne pas mourir de faim... tout le monde a un croissant !.. C'est épatant !.. et ils ont tous des fez sur la tête !... c'est très chic !... (*Changeant de ton, apercevant le bouquet de bluets*) Qu'est-ce que c'est que ça ? .. des bluets ?.. un bouquet ?... Ce doit être ma femme qui l'a perdu. (*Il va ramasser le bouquet... puis, allant s'asseoir à gauche)* C'est joli, ces fleurs-là !...

SCÈNE IX

Pédalouette, Flora

FLORA, *entrant de gauche, sans voir Pédalouette et descendant à droite.*

J'ai crû que je ne retrouverais jamais le chemin !.. j'ai perdu la vieille... et j'ai voulu faire un détour... Voyons, si mon bonhomme est là !

PÉDALOUETTE, *le bouquet de bluets à la main, à part.*

Voilà une bien gentille personne... si ma femme n'était pas dans les environs.

FLORA, *apercevant Pédalouette, à part.*

Voilà mon type...

PÉDALOUETTE, *à part, roulant les yeux.*

Ce qu'elle est chic ! !

FLORA, *agitant son bouquet, saluant.*

Monsieur...

PÉDALOUETTE, *saluant.*

Elle va me causer ?.. Quelle veine !

FLORA

Monsieur, comme vous le voyez... je suis... la dame aux Bluets.

PÉDALOUETTE

Ah ! ah ! vous êtes la dame aux bluets !... vraiment !... tiens, tiens !... (*A part*) Connais pas du tout. (*Haut*) J'ai beaucoup entendu parler de la dame aux Camélias !

FLORA, *se rengorgeant.*

C'était ma sœur ! *(A part)* Qu'est-ce que je risque ?

PÉDALOUETTE

Ah !... c'était votre sœur ! !

FLORA

Oui, oui... Mais, vous voyez que je suis exacte au rendez-vous ?

PÉDALOUETTE

Au rendez vous?

FLORA

Le rendez-vous que m'a indiqué votre ami, pour vous retrouver..

PÉDALOUETTE, *à part.*

Comment ! c'est un ami qui me l'envoie ?!.. (*Haut*) Ah ! mon ami.. quel charmant garçon... et comme il a des heureuses idées !

FLORA

En effet... mon cher marquis...

PÉDALOUETTE, *cherchant autour de lui.*

Marquis ?

FLORA, *répétant.*

Marquis ?

PÉDALOUETTE, *à part, cherchant toujours.*

Elle a donc un chien, avec elle. (*Appelant.*) Psitt ! psitt !.. qui-qui... viens... mon petit, viens marquis..,

FLORA, *riant.*

Qu'est-ce que vous faites ?.. c'est vous que j'appelle marquis ?

PÉDALOUETTE

Comment, c'est moi ! (*A part.*) Elle me prend pour un chien.

FLORA

Certainement... n'êtes-vous pas marquis ?... (*Un peu froide.*) Ou comte, tout au moins !

PÉDALOUETTE, *à part.*

Marquis ou comte ?. bigre... j'allais faire une gaffe... si elle tient à ce que j'aie un titre ! je vais m'en coller un, voilà tout ! (*Haut*) je plaisantais... je ne suis pas marquis... je le regrette... mais je suis comte !..

FLORA, *avec joie.*

Ah ! c'est un comte !

PÉDALOUETTE, *à part.*

Oui : un comte à dormir debout !..

FLORA

Que je suis heureuse !

PÉDALOUETTE, *à part.*

Elle est heureuse que je sois comte !.. Il me semble que je n'ai pourtant pas besoin de cela pour plaire à une femme. (*Il se tourne comiquement.*)

FLORA, *l'entraîne s'asseoir près d'elle sur le banc.*

Venez !.. venez vous asseoir près de moi... que nous bavardions un peu de notre avenir... (*Elle s'assied.*)

PÉDALOUETTE, *s'asseyant, à part.*

Notre avenir ?.. Diable... comme elle y va ! (*Haut.*) Ah ! l'avenir... (*Se levant*) Nous ferions peut-être mieux de profiter du présent !..

FLORA, *le faisant asseoir.*

Eh bien oui. profitons du présent en parlant de l'avenir.

PÉDALOUETTE, *pas convaincu.*

Ah ?.. en parlant ?.. enfin... si vous vouliez.

FLORA

Voyons .. quel âge... as-tu ?

PÉDALOUETTE, *à part.*

Elle me tutoie .. ça va bien .. (*Haut*) Mon Dieu.!. quel âge, j'ai ?.. (*Cherchant*) j'ai fait ma première communion... en...

FLORA

Ah ! non... non... mon vieux ! je ne parle pas de ta première communion !..

PÉDALOUETTE, *cherchant.*

J'ai tiré au sort... en...

FLORA

Mais non... je ne te demande pas à quel âge tu as tiré... Dis tout de suite la date de ta naissance, c'est plus simple... ou dis ton âge.

PÉDALOUETTE

Eh bien voilà...si je ne me trompe pas, je dois avoir entre les... trente-cinq ou trente-neuf ans !

FLORA

Trente-cinq !.. toi ? (*Riant*) Eh bien, mon cochon !..

PÉDALOUETTE, *à part.*

Elle est familière ! tant mieux...

FLORA

Veux-tu que je te dise ton âge? moi !.. tu as dans les 55 à 60 piges...

PÉDALOUETTE

Pige ?.. pige... quoi ?

FLORA

Soixante berges, si tu aimes mieux...

PÉDALOUETTE

La berge ?.. c'est au bord de l'eau... en effet... je suis né au bord de la mer...

FLORA

Oui, va... tu ne veux pas l'avouer... mais, tu as 60 ans...

PÉDALOUETTE

60 ans... c'est exagéré... je n'en ai que 50 et il me semble même. . que je suis assez bien conservé !

FLORA

Oh ! maintenant ! on conserve tout si bien !... dans le vinaigre...

PÉDALOUETTE, *pincé.*

Permettez... je n'ai jamais été dans le vinaigre !

FLORA

Ne te fâche pas... nous sommes faits pour nous entendre...

PÉDALOUETTE

Dam !.. à moins d'être sourds !

FLORA

Tu es comte... c'est tout ce que je voulais... je te paierai ce que tu voudras...

PÉDALOUETTE, *à part.*

Comment... elle me paiera ?

FLORA

Tu seras heureux avec moi !.. j'ai quinze mille francs de rentes... nous les partagerons.

PÉDALOUETTE, *à part.*

Elle me propose un joli métier !

FLORA

Et tu n'auras rien à faire.

PÉDALOUETTE

Rien à faire ?

FLORA

Oui... tu penses bien... que je ne t'imposerai pas, ni à moi non plus... des duos d'amour...

PÉDALOUETTE

Des duos ?.. Ah ! évidemment... je ne sais pas chanter .. mais j'ai été très bon danseur et un vis-à-vis...

FLORA

Ah ! encore moins !

PÉDALOUETTE, *à part.*

Je voudrais bien savoir ce qu'elle veut me faire faire... ici... ma femme peut arriver... (*Haut*). Dites-moi, nous serions bien plus à l'aise pour causer... au restaurant du « lapin qui renifle ».

FLORA

Vous avez raison... (*A part*). Oui, mais je ne voudrais pas y retrouver mon ancienne patronne avec ce vieux birbe ! (*Haut*). C'est une bonne idée... attendez-moi là... je vais commander ce qu'il faut... et je reviens... (*Elle sort vivement gauche*).

SCENE X

Pédalouette *seul, puis* **Gaëtan.**

PÉDALOUETTE, *la suivant à gauche et la regardant partir.*

Quelle aventure !.. ah ! non, non !.. jamais cela ne m'est arrivé !.. c'était toujours moi qui payais... et maintenant !..

GAËTAN, *entrant de droite.*

Quelle aventure !.. c'est une brave femme !.. mais que diable !.. elle a besoin d'une rude restauration !

PÉDALOUETTE, *se retournant et apercevant Gaëtan.*

Ah ! vous voilà revenu, vicomte !

GAËTAN

Tiens, vous êtes là ?

PÉDALOUETTE

Comme vous voyez mon cher ! et il m'arrive une aventure extraordinaire !

GAËTAN, *étonné.*

Pas possible !

PÉDALOUETTE

Si, si !.. je viens de faire la conquête d'une femme !

GAËTAN

Ah bah !

Pédalouette

Et j'ai acquis la preuve que j'étais aimé pour moi-même.

Gaëtan, *haussant les épaules.*

Allons donc...

Pédalouette, *pincé.*

Il n'y a pas de « allons donc ».

Gaëtan

Non ! mais franchement, vous ne vous êtes donc pas regardé ?

Pédalouette, *fâché.*

Comment !.. je ne me suis pas regardé ! que voulez vous dire !

Gaëtan

Oh ! voyons... mon vieux Pédalouette !

(On entend des cris poussés par Arthémise. — Les deux hommes restent interdits).

Gaëtan, *à part.*

Mon phénomène qui a une crise !

Pédalouette, *à part.*

Bigre ! ma femme !..

Arthémise, *dans la coulisse, à droite, criant.*

Pédalouette !.. Pédalouette... viens me décrocher !

Gaëtan *et* Pédalouette

La décrocher ?!

Gaëtan, *regardant à droite.*

Ah ! La pauvre femme s'est embarrassée dans toutes vos lignes et s'est empêtrée dans les hameçons !

Pédalouette, *à Gaëtan.*

Attendez-moi là... *(Il sort vivement à droite)*

SCÈNE XI

Gaëtan *seul, puis* **Flora**, *puis* **Pédalouette** *et* **Arthémise**

Gaëtan, *pensif.*

Mais, si je ne me trompe... Elle a crié : Pédalouette ! me serai-je fichu dedans !... *(Il regarde vers la droite)*

Flora, *entrant de gauche.*

Ça y est, tu peux venir...

Gaëtan, *se retournant.*

Hein ?

Flora

Pardon, monsieur... mais...

Gaëtan, *voyant le bouquet de Flora.*

Mais la voilà, je suis sûr ! la vraie « dame aux bluets ».

Flora

Mais certainement... il y en a donc une autre ?

Gaëtan

Mais oui... une échappée du Musée de Cluny...

Flora

C'est mon ancienne patronne !

Gaëtan

Et c'est la femme à Pédalouette !! *(Pédalouette entre précédé d'Arthémise. Il a à la main sa ligne à pêche dont le hameçon est pris dans la robe d'Arthémise.)*

Arthémise

Ah ! cette fois-ci, tu ne pourras pas dire que tu n'as rien pris à la pêche !

Pédalouette, *à part.*

En effet ! j'ai pris un vieux crocodile !

Arthémise, *à part.*

Encore une aventure manquée.

Pédalouette, *faisant des signes à Flora pour qu'elle ne dise rien, à part.*

Que fait-elle avec Gaëtan.

Gaëtan

Mon cher Pédalouette... permettez-moi de vous présenter la Vicomtesse de Présalé !.. *(Il présente Flora.)* « La dame aux Bluets » Inutile de vous dire que je compte sur vous et Madame Pédalouette pour la noce !

Pédalouette, *au public.*

La noce ! je prendrai la jarretière de la mariée.

ENSEMBLE

Air : *Pont-Neuf.*

Oui, nous ferons la noce
De la dame aux bluets
Nous nous fich' rons un' bosse
Dans un fameux banquet } *bis.*

RIDEAU

Vannes. — Imp. LAFOLYE, 2, place des Lices. 1901.

AUTEURS	TITRES DES ŒUVRES	Hommes	Femmes	Prix nets
Gramet-Talber.	Doigt coupé (Le)	troupe	»	loc.
Léon Laroche	Domestique pour rire (Un)	1	1	4 »
Saint-Maurice..	Doubles Vierges (Les) d	troupe	»	loc.
L. Bouvet-Lebreton	Drapeau du Régiment (Le)	5	4	loc.
Sourilas.	Drapeau jaune (Le) d	4	2	4 »
Bouvet-Sevry.	Dupont et Dupont	4	3	loc.
Bottin, Boulay-Lanrice..	Duriflard	5	2	loc.
L. Bouvet-Schmoll	Echange de bals	5	5	loc.
De Launoy et Lions	Echarpe (L')	4	2	loc.
J. Domerc	Ecole buissonnière (L')	3	»	3 »
Yver-Septmons.	Eh ! Ohé! Ladrupette ! d	2	»	loc.
Trebla-Croisier.	Elle ! d	4	1	loc.
Ed. Lhuillier.	Elle débute ce soir	1	1	4 »
Delaruelle.	El senor Piñardino	1	1	6 »
Marsay	En colonne d	troupe	»	loc.
Lebreton-Moreau.	Enfant des halles (L') d	3	2	loc.
Jallais Hubans.	Enlèvement des Sabines (L')	troupe	»	loc.
Guillemaud-de Marsan..	Enfants d'Edouard (Les) d	2	3	loc
Lebreton-Duroc	Enragés d	4	4	loc.
Villebichot.	Entre deux jardins	1	1	4
Lebreton-Duroc	Entresol d'Eugène d	4	6	loc.
Garnier-Vallès.	Erreur de Bridouille (L')	3	2	loc.
Banès	Escargot (L')	2	3	6 »
A. Pajol	Esprits d'Argenteuil (Les)	5	2	loc.
P. Pottier R. Dubreuil	Estime du Concierge (L')	2	1	loc.
D. Dibau	Eternel roman (L')	1	1	4 »
Dourel-Roydel-Trancl.	Etrennes utiles	3	2	loc.
Garnier-Vallès.	Exploits de Malichard (Les)	6	4	loc.
L. Bouvet-Ch. Darantière	Extras de Balochard (Les) d	4	4	loc.
St-Paul-G. Rose, fils	Fais ça pour moi	3	2	loc.
F. Beauvallet.	Faites le jeu, Messieurs d	3	1	loc.
Moreau-Gramet	Famille Nitouche (La)	3	4	loc.
Lebreton-Moreau.	Farces du Printemps (Les) d	6	4	loc.
St-Agnan Choler	Faut du prestige (vaud.) d	3	2	loc.
Lebreton-Duroc	Faut que j'casse la g. à Baptiste d	5	3	loc.
De Lannoy-Lions.	Félicité	2	2	loc.
Flers	Femina d	troupe	»	loc.
Ch. Gabet	Femme de Valentino (La) d	2	2	loc.
Moreau	Femmes qui fument (Les) D.	7	8	loc.
F. Chaudoir.	Fête à Claudine (La)	1	1	4 »
E. Duhem.	Fête à M. le Maire (La)	5	2	4 »
Gaston Sortin	Fiançailles de Toinette (Les)	1	1	loc.
Dorfeuil-Bouvet	Fiancé des Nourrices (Le) d	4	5	loc.
Javelot	Fiancés berrichons (Les)	1	1	3 »
Soulié	Fiancés du bonnet de coton (Les)	1	1	5 »
L. Vasseur.	Fichue idée d	2	1	5 »
Brigliano-Talber.	Fichue situation d	4	4	loc.
Liouville.	Fièvre phylloxérique (La)	3	2	4 »
Bertrié	Fille du charpentier (La)	3	1	5 »
Lebreton-Moreau	Fille du marin (La) d	8	7	loc.
Dourel, Roydel, E. Hervé.	Filles de Cornenville (Les)	4	7	loc.
Lebreton-Soudant.	Filles de la Cantinière (Les) d	7	4	loc.
Lebreton-Moreau.	Fils à Papa (Le) d	4	7	loc.
Lebreton-Moreau.	Fils de Gouape	4	4	loc.
Chaulieu et Bataille	Fils de M. Alphonse (Le)(vaud.) d	5	2	loc.
Duroc-Mailfait.	Five O'Clock de la Baronne	7	2	loc.
Villebichot.	Fleuriste et typographe	1	1	5 »
Lebreton-Talber	Foire aux nichons (La) d	7	7	loc.
Pradels-Quinel.	Fosse aux ours (La)	4	4	loc.
Lemonnier.	Françoise les bas bleus d	troupe	»	loc.
Moreau-Soudant	Francs-tireurs de la mort (Les)	troupe		loc.
Lebreton-Beissier.	Frangine (La) d	7	6	loc.
Lévy-Merset.	Fantrognon d	8	11	loc.
Lebreton-Moreau	Frère de lait (Le)	1	2	4 »
Carin-Tomy.	Friper's and Co d	5	9	loc.
Lebreton-Moreau.	Friquet d	9	7	loc.
Cieutat	Furet (Le)	»	1	4 »
Moreau-Touzé.	Gai gai mariez-vous !	4	3	loc.
Moreau-Darsay	Gaîtés du bastion (Les)	5	3	loc.
Seraine	Garde champêtre de Corneville (Le)	1	»	1 »
Lebreton-St-Paul	Gontran se marie	3	2	loc.
Froyez-Colias.	Grand Duc Moleskine (Le) d	6	6	loc.
Lefort	Grand papa de la chanson (Le) d	1	1	3 »
Rose fils et Ryvez.	Greffeur (Le)	4	3	loc.
Lebreton-Blairat.	Grenouille (La) d	4	2	loc.
Hervo-Merki	Grève des Boulangers (La)	5	»	1 »
Moreau-Marcus.	Grève des facteurs (La)	2	2	loc.
M.-Brisac	Guerre aux hommes (La) d	6	7	loc.
Lebreton-Nicolaïc.	Gueule d'Or d	6	6	loc.
Lebreton-Moreau	Héritière des Carapattas (L') d	8	8	loc.
C. Roland-A. de Lorde	Hermance a de la Vertu, 2 actes d	2	1	loc.
Villebichot.	Hirondelles de la rue (Les)	»	2	3 »
Lebreton-Blairat	Homme pâle (L') d	4	2	loc.
Lebreton-Duroc.	Hôtel d'Artistes d	troupe	»	loc.
Lebreton-Duroc	Hôtel de Noblepanne d	4	4	loc.
Darantière et Bouvet	Hôtel du lac bleu (L') d	7	6	loc.
Dourel-Roydel-Jost.	Hôtel modèle d	7	7	loc.
R. Barbé-de Téramond	Huissier des beaux jours (l')	3	2	loc.
Autigeon-Dourel.	Hypnotiseur malgré lui (L') d	3	2	loc.
Mize-Bernède.	Idées de M. Coton (Les) d	3	2	loc.
Bessière-De Noter.	Ile de Nénuphar (L')	5	2	loc.
Moniot.	Jacotte	1	1	5 »
Liger-Aubrun	J'ai perdu Virginie	3	1	loc.
Nargeot	Jeanne, Jeannette et Jeanneton d	2	3	loc.
Michiels	Jefque et Trinne	1	1	8 »
St-Paul	J'en ai plein le dos	2	1	4 »
Lebreton-Soudant.	J'épouse ma bonne d	5	4	loc.
A. Perronnet.	Je reviens de Compiègne	»	1	4 »
Yvel	Jeune homme du Tunnel (Le) d	3	3	loc.
Bernicat	Jeunesse de Béranger (La)	3	1	6 »
Lebreton-Morena.	Jocrisses du mariage (Les) d	troupe	»	loc.
B. Lebreton.	Joies du divorce (Les) d	troupe	»	loc.
L. Collin	Journée aux soufflets (La)	1	1	4 »
J. Férol	J'teux de sorts (Le)	7	4	loc.
Fransois-Derys	Jules d	1	1	loc.
Herpin	Ki-Ki-Ri-Ki d	troupe	»	loc.
Soudant	Lâchés	5	1	loc.
Desormes	Leçon de musique (La)	1	1	4 »
T. Clérice	Léda d	troupe	»	loc.
St-Paul	Leroy s'amuse	3	3	loc.
A. de Lorde	Lettre (La) d	1	2	loc.
Cazaneuve	Loi du pal (La) d	troupe	»	5 »
Herpin	Lune de Miel (La) d	troupe	»	loc.
L. Péricaud et Villemer	Lune de Miel normande	1	1	1 »
Moreau-Gramet.	Ma Colonelle	2	2	loc.
Clairville fils.	Madame la baronne d	1	1	4 »
Wachs	Madame le docteur	2	1	4 »
Lebreton-St-Paul	Mademoiselle le Docteur	3	2	loc.
V. Roger	Mademoiselle Louloute	2	2	5 »
Bessière-Marinier	Maire et Martyr d	3	2	loc.
St-Paul-Rose fils	Maison hantée (La)	3	1	loc.
Talexy	Maître Grelot	4	1	7 »
Levavasseur	Major Baitapoil (Le)	3	4	loc.
Bouvet	Major Purjoin (Le)	4	3	loc.
Moyne-Jacoutot	Mamzelle Claudinette d	3	2	loc.
Par Nemo-Celval	Mamzelle Culot	troupe	»	loc.
De Lajarte	Mam'zelle Pénélope d	3	1	7 »
De Champclos-Jacquin	Mamz'elle Phryné	3	1	loc.
Fransois	Mandat (Le) d	7	3	loc.
L. Bouvet et Dottin	Mannequin (Le)	3	2	loc.
Jan Pierre et Morelo	Manœuvre électorale	3	»	loc.
Jouhaud	Mariages riches	1	1	3 »
Moniot	Marianne et Jeannot d	1	2	8 »
Tollet-Frot	Marié sans l'être	4	»	3 »
Moreau-Duroc	Maris jaloux (Les)	5	2	loc.
Simiot	Mariés de Nanterre (Les)	1	2	4 »
Beissier-Sciama	Mars et Vénus	3	2	loc.
Moreau-Boucherat	Médjidié (Le)	3	1	loc.
Gresset-Bernard	Méfiez-vous d'Oscar d	3	2	loc.
E. André	Melon (Le) (monologue saynète)	1	»	2 »
Moreau-Darsay.	Ménage Poire (Le)	2	2	loc.
Desormes	Menu de Georgette (Le)	3	2	8 »
Ch. Gabet	Mérite des femmes (Le) d	4	4	loc.
Soudant-Moreau	Mimi Vadrouille	troupe	»	loc.
P. Achard et P. de Pitray	Minuit et demi d	1	1	loc.
Lebreton-Moreau.	Miss Kissmy d	5	5	loc.
Beissier	Miss Million d	troupe	»	loc.
Mayrargue	Modern Styl	2	2	loc.
Bessier-Moreau.	Môme aux Camélias (La) d	troupe	»	loc.
Bessière-Ruffier	Môme aux grands yeux (La) d	8	6	loc.
Chassaigne	Monsieur Auguste d	1	1	3 »
Garnier-Vallès	Monsieur ma belle-mère	2	3	loc.
Lebreton-Moreau.	Monsieur Sans Gêne d	troupe	»	loc.
Blairat-Neuzillet	Mouche (La) d	5	7	loc.
Moreau-Touzé	Mouche du Coche (La)	4	2	loc.
Joly	Myope et presbyte d	1	1	4 »
Desormes	Nègre de la Porte St-Denis (Le)	3	3	3 »
Dorfeuil-Moreau.	Nez de Cyrano (Le) d	troupe	»	loc.
E. Lhuillier	Nez enchanté (Le)	1	1	3 »
Lebreton-Blairat	Ninie la Rouquine d	5	3	loc.
Herpin	Noce à Grospoulot (La)	5	7	loc.
F. Barbier	Noce à Suzon (La)	1	1	4 »
E. Beissière-Noter	Noces de Lambiston (Les)	5	2	loc.
L. Collin	Noces d'or (Les)	2	1	5 »
Sachs-Damiens-Neuzillet	Nombrikatus 1er D	5	7	loc.
Bouvet-Darantière	Nos bons touristes d	5	4	loc.
Lebreton-Beissier	Nos Marsouins en Chine d	7	4	loc.
Moreau-Gramet.	Nos petites Chattes	3	3	loc.
Dorfeuil-Guillemaud-Duharnois	Nos pioupious d	6	4	loc.
Lebreton-Moreau.	Nos voisins d	6	6	loc.
V. Roger	Nourrice de Montfermeil (La)	2	3	8 »
Ch. Gabet	Nouvel Achille (Le) (vaud.) d	5	1	loc.
Touzé Prud'homme	Nuit de Noces de Beauflanchet	6	4	loc.
Jacobi	Nuit du 15 octobre (La) d	3	1	6 »
A. de Lorde	Old Nubian's Black ! d	1	2	loc.
Rose père	Omelette au lard (L')	4	2	loc.

AUTEURS	TITRES DES ŒUVRES	Hommes	Femmes	Prix nets
Dédé fils	Oncle et Neveu	3	»	3 »
Louis Bouvet	Oncle Maboulin (L')	4	4	loc.
Marc-Sonal-Gréhon	On demande des jolies femmes	6	11	loc.
Bessière-Ruffier	Ordonnance Bezuchet (L')	2	2	loc
St-Paul-G. Rose, fils	Ordonnance malgré lui	3	2	loc.
Berthelot-Roland	Othello chez Thaïs d	4	10	6 »
Pacra Emmecé	Où est le père	8	4	loc.
Dufils	Paille et la Poutre (La)	»	2	6 »
Boulay-Layrice	Palmé D	4	5	loc.
Billemont	Pantalon de Casimir (Le)	1	1	6 »
A. Petit	Par autorité de Justice d	7	9	loc.
Dorfeuil-Moreau	Paris aux Courses d	troupe	»	loc.
Febvre-Gréhon	Paris sans tailleurs	7	7	loc.
F. Barbier	Par la fenêtre	1	1	4 »
Lambert-Lebreton	Par la Gymnastique d	2	2	loc.
Henry Moreau	Partie de Campagne d	troupe	»	loc.
Ed. Lhuillier	Pasquinette	1	1	3 »
Bénédite-Jaucourt	Pays Vierge (le) d	8	4	loc
Rose, fils	Peintre de talent	2	3	loc.
Moreau-Darsay	Pension Carabin (La)	5	4	loc.
L. Bouvet	Pensionnat St-Amour (Le)	4	4	loc.
Albert Lambert	Père Suroît (Le) d	3	1	loc.
Offenbach-Roques	Péri-Colle (Parodie de Périchole)	2	1	
Lebreton-St-Paul	Péril jaune (Le)	2	2	loc.
Perrault-Maty	Perruche de ma femme (La) d	4	3	loc.
Tréblat-St-Cyr	Personne	2	1	1 »
Bouvet-Schmoll	Petit Assommoir (Le) d	6	6	loc.
L. Collin	Petit Spahi (Le)	3	3	5 »
Lebreton-Moreau	Petite baronne (La) d	6	9	loc.
L. Bouvet-St-Paul	Petite fifi (La)	3	3	loc.
Linas	P'tite bête vit encore (La) d	1	1	4 »
Lebreton-Moreau	Petite colonelle (La) d	7	3	loc.
Gribinski	Petite Etoile	3	2	loc.
Lebreton-Moreau	Petites Menichons (Les) d	troupe	»	loc.
A. Petit	Petits lapins (Les) d	4	9	loc.
Maurey et Jimbu	Petits Trottins (Les) d	5	6	loc.
Lebreton-Moreau	Petits Zouzous (Les)	troupe	»	loc.
J. Clérice	Phrynette d	5	9	loc.
Gelral-Tarneme-Gibard	Pichard d	3	2	loc.
André	Picotin (Le)	1	2	loc.
Lebreton-Beissier	Piston de Clémentine (Le)	3	2	loc.
H. Alavoine	Plumechat et Cie d	4	6	loc.
H. Barbé	Plus que 1089 jours	3	»	loc.
F. Barbier	Points jaunes (Les)	1	1	5 »
Besfossez-Piccolini	Pommes d'amour (Les)	6	4	loc.
Cinoh-Verdellet	Pompier d'Endoume (Le)	troupe	»	loc.
Gresset-Bernard-Létorey	Pompier d'Ernestine (Le) d	2	2	loc.
Autigeon-Dourel	Poste restante 222 d	4	3	loc.
F. Barbier	Poupée automate (La)	1	1	5 »
St-Paul-G. Rose, fils	Pour avoir la fille	4	3	loc
Fay	Pour qui le gosse ?	2	3	loc.
Lebreton-St-Paul	Pour qui votait-on ?	4	2	loc.
A. Lambert	Première brouille (La) comédie	»	1	1 »
Couturet	Premières amours d	4	1	loc.
F. Barbier	Premières armes de Parny (Les)	1	3	5 »
G. Rosefils-H. Ryvez	Prestige de l'uniforme (Le)	4	2	loc.
Moreau	Professeur de chant (Le)	1	1	3 »
De Ste-Croix	Pygmalion d	1	2	4 »
Garnier-Héros	Queue du Diable (La) d	troupe	»	loc.
Delilia-Héros	Qui va à la Chasse	2	2	loc.
L. Collin	Qui se dispute s'adore	1	1	3 »
Ch. Lecocq	Rajah de Mysore d	troupe	»	8 »
Villebichot	Réponse du Berger (La)	1	1	4 »
Millou	Repos du dimanche (Le) d	2	1	loc.
Moche	Retour de Colombine (Le)	2	1	4 »
Jacoutot	Retour de Kerdrec (Le)	2	1	4 »
Mengé	Retour de Margotte (Le)	1	1	4 »
L. Collin	Retour de Musette (Le)	1	1	4 »
Autigeon-Dourel	Revanche de Verluisant (La) d	5	2	loc.
Autigeon-Dourel-Roydel	Revenants (Les) d	3	3	loc.
Marsèle-A. de Lorde	Rêves d'un soir	1	1	loc.
St-Paul	Revue interdite	4	4	loc.
Guillemaud	Rien des Agences d	3	2	loc.
Lhuillier	Risette	»	1	1 »
Ch. Thony	Robes et Manteaux d	5	9	loc.
F. Chaudoir	Roi Claquette (Le) d	3	3	6 »
Yvel et Briollet	Roi Koku (Le)	troupe	»	loc.
Desormes	Roland furieux	3	1	5 »
L. Desormes	Romance impossible (La)	2	»	2 »
Busnach	Rosière de Valentino (La) d	2	3	loc.
Michiels	Rosière d'Interlaken (La)	1	1	4 »
Ch. Gabet	Ruy Black (v.) d	7	6	loc.
Claments	Saint-Yvon (La) d	2	1	5 »
Ch. Lecocq	Sauvons la caisse d	1	1	6 »

AUTEURS	TITRES DES ŒUVRES	Hommes	Femmes	Prix nets
Jatral-Febvre-Bonnamy	Septième Escouade (La) d	8	7	loc.
Darantière-Bouvet	Sergent Sans-Souci (Le) d	6	6	loc.
R. Planquette	Serment de Mme Grégoire (Le)	1	1	8 »
Lebreton-Soudant	Serment du marin (Le) d	4	2	loc.
Lebreton-Moreau	Signe de Léda (Le) d	8	8	loc.
Duvier	Simone et Boquillon	2	1	5 »
Lebreton-Duroc	Soir de Noce d	4	4	5 »
Maillait	Soirée bourgeoise	2	2	loc.
Leserre	Soirée d'amateurs. pochade	5	»	1 »
Lebreton-Moreau	Soldat !	5	5	loc.
H. Gilbert	Son Amant	2	1	loc.
Bernard-Gresset	Souffleur par amour d	3	1	loc.
Meyan	Soupirs du cœur	3	2	5 »
Briollet-Tinant	Source merveilleuse	4	2	loc.
Ch. Malo	Souviens-toi de Clémentine	2	1	4 »
Moreau-Darsay	Spiritisme des Familles	4	4	loc.
Pac-Coen	Suzette, Suzanne et Suzon	1	3	loc.
C. Roland et P. Berthelot	Symphonie en Jaune mineur d	1	1	
Levavasseur	Tante d'Amérique (La)	3	3	loc.
Wachs	Tata chez Toto	2	1	4 »
Lempereur et Primard	Témoin (Le)	3	1	loc.
Lambert-Lebreton	Terre-Neuve d	3	5	loc.
Marc Sonal	Théophile	2	1	loc.
Chassaigne	Toc	2	2	loc.
Hervé	Toinette et son carabinier	2	1	5 »
Bessier-de Gorsse	Tonton d	3	3	6 »
Blanchard de la Bretesche	Torero de Lolotte (Le)	5	5	loc.
Wachs	Totor et Titine	1	1	loc.
Hubans	Tour de Moulinet (Le) d	2	1	6 »
Bouvet-Febvre	Tournée Cabotin (La)	3	3	loc.
Cartier	Train des Maris (Le)	2	2	4 »
Moreau-Duroc	Tranquil'hôtel	5	4	4 »
Moreau-Darsay	Trente mille francs par an	2	2	loc.
Lebreton-Moreau	Treize jours d'un Parisien (Les) d	troupe	»	loc.
Lebreton-Moreau	Treizième spahis (Le) d	troupe	»	loc.
Ch. Gabet	Trésor des Dames d	2	1	loc.
Lebreton-Moreau	Trio de troupiers d	7	5	loc.
B. Lebreton-J. Lebreton	Trois Cousins (Les) d	5	3	loc.
Lebreton Téramond	Trois Gosses (Les)	4	4	loc.
Bouvet	Trois hercules pour une femme	3	2	loc.
Bessière	Troisième du trois (La)	6	6	loc.
Lebreton-Moreau	Trois Maçons (Les) d	4	2	loc.
Guillemaud-de Marsau	Truc de Binochet. (Le)	3	2	loc.
Lambert-Lebreton	Truc du Pharmacien (Le)	4	1	loc.
J. David	Tu l'as voulu d	3	1	6 »
Héros-Jost	Tzigane dans les Ménages (La) d	troupe	»	loc.
Javelot	Un amour d'épicier	2	1	4 »
Bessière	Un attentat au bois	2	2	loc.
Cardet-Lannoy	Un bon ami	2	1	loc.
D. Fay	Un bon tuyau	9	4	loc.
P. Henrion	Un charcutier dans les fers	1	1	4 »
Chassaigne	Un Coq en jupons	1	1	4 »
Banès	Un do malade	2	1	5 »
Wachs	Un domestique pour rire	1	1	4 »
Moreau-Gramet	Un dragon pour deux	3	2	1 »
L. Roy	Un épicier peu commode	4	2	loc.
G. Laurens	Un futur sur le gril	2	1	4 »
Ch. Malo	Un gendre à poigne	2	2	5 »
H. Levavasseur	Un grand criminel	4	2	loc.
Pericaud	Un hercule qui ne veut pas se rouiller	2	1	4 »
St Paul	Un jour d'audace	4	2	loc.
Cambillard	Un mariage à la force du poignet	1	1	3 »
Ch. Malo	Un mariage au flageolet	1	1	4 »
Dauphin	Un mariage en Chine d	4	1	6 »
F. Bernicat	Un mari à l'essai	1	1	4 »
Pericaud	Un mari en grande vitesse	3	1	4 »
Moreau-R. Parault	Un mari somnambule	2	2	loc.
L. Collin	Un mauvais conscrit	2	»	4 »
Blanchard de la Bretesche	Un mois de clou d	3	2	loc.
Chassaigne	Un 1er jour de ménage	1	1	4 »
Mayrargue	Un Sauvetage	3	3	loc.
F. Barbier	Un souper chez Mlle Contat	»	2	5 »
Bernicat	Une aventure de la Clairon	2	2	6 »
Lebreton-Blairat	Une Consultation d	4	3	loc.
Garnier-Vallès	Une Corbeille de Noce	5	3	loc.
E. André	Une drôle de Marquise	2	1	3 »
Claments	Une étoile d'antichambre d	2	1	5 »
Jouhaud	Une femme du quart de monde	2	1	4 »
Villebichot	Une femme qui bégaie d	3	2	6 »
L. Roques	Une femme tombée du Ciel	1	1	5 »
Villebichot	Une fille à trucs	3	1	4 »
Liouville	Une fille en loterie	2	1	4
Touzé-Monjardin	Une intrigue chez les Mouchamiel	2	1	loc.
Desormes	Une lune de miel normande	1	1	4 »
L. Collin	Une mariée sans mari	1	1	4 »

Vannes. — Imp. Lafolye. — 1901.

www.ingramcontent.com/pod-product-compliance
Ingram Content Group UK Ltd.
Pitfield, Milton Keynes, MK11 3LW, UK
UKHW021021220726
13924UKWH00001B/124